VENTE

Du Vendredi 24 Mars 1893

A DEUX HEURES

HOTEL DROUOT, SALLE N° 7

OBJETS

D'AMEUBLEMENT

ANCIEN ET MODERNE

Bronzes Louis XVI, Bronzes de Barbedienne
Curiosités du XVI° siècle
Faïences, Armes orientales, Objets de vitrine, Consoles Louis XVI
Meubles en bois sculpté

BELLES TAPISSERIES RENAISSANCE

ÉTOFFES ANCIENNES

Sculptures en marbre par MARQUESTE et MICHEL

MOBILIER MODERNE

Salon, Chambre à coucher, Salle à manger, Cabinet de travail
Piano, Objets divers

EXPOSITION PUBLIQUE

Le Jeudi 23 Mars 1893, de 1 heure 1/2 à 5 heures 1/2

COMMISSAIRE-PRISEUR	EXPERT
M° Léon TUAL	M. B. LASQUIN
Rue de la Victoire, 56	Rue Laffitte, 12

PARIS — 1893

IMPRIMERIE MAULDE ET RENOU

A. MAULDE & Cie

IMPRIMEURS DE LA COMPAGNIE DES COMMISSAIRES-PRISEURS

Rue de Rivoli, 144

CONDITIONS DE LA VENTE

Elle sera faite au comptant.

Les Acquéreurs paieront CINQ POUR CENT en sus des enchères.

A. MAULDE et Cie, imprimeurs de la Compagnie des Commissaires-Priseurs, rue de Rivoli, 144   400—31775

DÉSIGNATION

BRONZES D'ART ET D'AMEUBLEMENT

1 — Paire de très beaux Vases ovoïdes en bronze finement ciselé et doré du temps de Louis XVI, ornés de guirlandes et à pieds cannelés à tores de lauriers.

2 — Statuette en bronze du temps de Louis XVI. Femme assise sur un aigle. Socle en bronze ciselé.

3 — Statuette en bronze : Femme assise, xviiie siècle.

4 — Buste de Bacchante en bronze à patine noire.

5 — Statuette en bronze patiné sur socle en marbre blanc.

6 — Beau Verrou vertical en bronze finement ciselé et doré du temps de Louis XV.

7 — Modèle de Flambeaux en bronze.

8 — Belle Garniture de cheminée du temps de l'Empire; Pendule et deux Candélabres.

9 — Deux Candélabres Louis XVI à trois lumières en bronze doré, supportés par des figures de femmes drapées debout, en bronze patiné, sur des socles en marbre blanc.

10 — Deux petits Vases cassolettes de style Louis XVI, de forme ovoïde, en porphyre rouge oriental, montés en bronze doré.

11 — Statuette d'Enfant accroupi, en bronze doré, Louis XVI, socle en marbre blanc orné de bronzes.

12 — Belle Garniture de cheminée en bronze doré.

13 — Suspension et Appliques en bronze et porcelaine.

14 — Le Chanteur florentin, d'après Paul DUBOIS, bronze de *Barbedienne*.

15 — David, d'après MERCIÉ, bronze de *Barbedienne*.

16 — Mercure, d'après JEAN DE BOLOGNE, bronze de *Barbedienne*.

17 — Vénus, bronze.

18 — Narcisse, bronze d'après l'Antique.

19 — Jardinière ou Brûle-Parfum en bronze japonais.

20 — Pendule et deux Candélabres en onyx et bronze doré et argenté. La pendule surmontée d'une figure de Muse, d'après SCHENVERK, les candélabres supportés par deux figures de femmes drapées.

21 — Statuette de Saphocle, bronze de *Barbedienne*.

SCULPTURES

22 — Statuette en marbre blanc, par MARQUESTE : Galathé. A figuré à l'Exposition de Moscou.

23 — Statuette en marbre blanc, par MICHEL : L'Amour vainqueur. A figuré à l'Exposition de Moscou.

CURIOSITÉS

24 — Petit Coffret rectangulaire du XVIᵉ siècle, de travail italien, orné de plusieurs sujets, figures, batailles et de divers motifs de rinceaux.

25 — Coffret en bois et marqueterie, simulant un dallage.

26 — Coffret ancien en bois de noyer, garni de ses ferrures.

27 — Miniature sur vélin : L'Ensevelissement du Christ. XVIIᵉ siècle.

28 — Deux Miniatures : Portraits d'Homme et de Femme, l'une signée PIANTA VENEZIA. Cadres ornés d'appliques argentées.

29 — Reliquaire en argent repoussé, à volutes et feuillages. XVIIᵉ siècle. L'intérieur forme niche, garni de soie jaune.

30 — Couronne de Madone en argent doré.

31 — Petit Diptyque en ivoire, sculpté en bas-relief : Le Christ en croix, Vierge et Jésus. XVᵉ siècle.

32 — Plat en étain, modèle de *F. Briot*, à médaillons de figures mythologiques, mascarons et ornements.

33 — Deux paires de Flambeaux en cuivre argenté, fin XVIIIᵉ siècle, et une Pincette.

34 — Deux Chenets Louis XIII, en cuivre et fer.

35 — Un Porte-Huilier en plaqué.

36 — Deux Marteaux de portes en bronze italien, à figures d'enfants et mascarons aux armes des Médicis.

37 — Vase et large Coupe, pièces de fouilles antiques, en cuivre.

38 — Plat vénitien du xvie siècle, en cuivre repoussé avec sujet de l'Annonciation.

39 — Pistolet d'arçon du xviiie siècle, garni de cuivre.

40 — Garde d'Épée en cuivre ciselé et doré, à fleurs de lis et figure.

41 — Paire d'Éperons mexicains en fer.

42 — Deux Sabres courbes et une Baïonnette ancienne.

43 — Escopette à canon damasquiné et deux Pistolets turcs.

44 — Sabre courbe du premier régiment de hussards. Époque de l'Empire.

45 — Deux Fusils arabes à garniture d'argent et incrustations de corail.

46 — Deux autres Fusils arabes.

47 — Amorçoir et Ornements arabes.

48 — Poignée d'Épée de cour à fusée en nacre.

49 — Yatagan à poignée et fourreau en argent repoussé.

50 — Deux Yatagans avec fourreaux argentés, plus un fourreau seul.

51 — Quatre Yatagans avec fourreaux de cuivre et un cinquième sans fourreau.

52 — Cinq petits Flissahs et un Poignard arabe à fourreaux de cuivre et de bois, plus deux petits Poi-
gnards.

53 — Groupe en marbre blanc du xvie siècle représentant trois fauconniers debout.

54 — Médaillon en marbre : Tête de Femme de profil à
droite. Style du xvie siècle.

55 — Bas-Relief en bois sculpté : Figure d'Évêque debout. xvie siècle.

56 — Croix Louis XIII, composée de pièces d'enfilage
en cristal de roche.

57 — Étui de Pipe du xviie siècle, en bois finement
sculpté.

58 — Grande Buire en cuivre repoussé à godrons.
xvie siècle.

59 — Potence en fer forgé Louis XIV.

60 — Seau vénitien en métal de cloche.

61 — Petit Seau vénitien en métal de cloche.

62 — Paire de Flambeaux formés par des singes.

63 — Paire de Flambeaux formés par des chimères.

64 — Pelle et Pincettes en cuivre et une Pincette en
fer.

65 — Statuette de Saint Sébastien, bois sculpté du
xvie siècle.

66 — Candélabre formant support en bois scu'pté peint
en bleu et or.

67 — Fronton en bois sculpté. Époque Louis XIV.

68 — Deux Chaises du xvɪᵉ siècle.

69 — Aigle en bois doré.

FAIENCES ANCIENNES

70 — Plat en ancienne faïence de Rouen, à décor qua-
drillé en vert.

71 — Deux jolies Assiettes en ancienne faïence de
Marseille, décorées de sujets chinois.

72 — Six Assiettes en ancienne faïence de Nevers, de
décors variés.

73-74 — Trois Compotiers et deux petits Plats en vieux
Rouen.

75 — Deux Porte-Huiliers en faïence de Strasbourg

76 — Une Salière en faïence de Nevers.

77 — Canard en faïence de Venise formant soupière.

78 — Encrier en faïence ancienne.

79 — Soupière ovale en ancienne porcelaine de Saxe,
décorée d'oiseaux, le couvercle surmonté d'une
figurine d'enfant.

80 — Deux petits Godets d'écritoire de forme carrée,
en ancienne porcelaine de Saxe.

MEUBLES ANCIENS

81 — Deux Jolies Consoles du temps de Louis XVI, de
forme arrondie, en bois de chêne sculpté et doré. La
ceinture à enroulements et rubans avec palmes de

lauriers, les quatre pieds cannelés reliés par un entrejambe supportant un vase duquel retombent deux guirlandes de lauriers. Dessus de marbre.

82 — Grande Glace à encadrement Louis XVI en bois sculpté et doré, surmontée d'un trumeau à guirlandes de fleurs, attributs de l'Amour et branches de laurier.

83 — Grande Glace à encadrement Louis XVI en bois doré, surmonté d'une couronne de fleurs.

83 *bis* — Belle Porte du xvie siècle en noyer sculpté, à bustes et mascaron.

84 — Trois Portes en chêne sculpté. Époque Louis XIV.

85 — Grande Corniche en bois sculpté. Époque Louis XIV.

86 — Deux Panneaux en bois sculpté et doré. Époque Louis XV.

87 — Bahut à deux corps, style Renaissance, en noyer avec incrustations en marbre vert.

88 — Bureau en noyer, style Renaissance.

89 — Écran en tapisserie ancienne.

90 — Meuble en chêne sculpté portant la date de 1672.

91 — Caisse d'horloge Louis XVI en bois sculpté.

92 — Cabinet italien en bois noir incrusté d'ivoire.

93 — Pendule Louis XIV en marqueterie de cuivre avec mouvement à répétition.

94 — Horloge Louis XIII à carillon.

95 — Deux petites Tables consoles de forme arrondie et à trois pieds gaines, en bois de placage incrusté de filets. Dessus de marbre.

96 — Coffret vénitien à couvercle en toit entièrement incrusté d'ivoire teint, à damier et rosaces.

97 — Petit Meuble italien ouvrant à deux portes, de de forme arrondie et reposant sur trois pieds, en bois de placage marqueté. Dessus en marbre jaune.

98 — Petite Table du xviiie siècle, en bois de placage, à pieds contournés. Dessus de marbre.

9) — Piano en acajou. Epoque de l'Empire.

MOBILIER MODERNE

AMEUBLEMENT DE SALON

100 -- Quatre Rideaux de fenêtres en satin cerise avec galeries en bois doré.

101 — Deux Fauteuils recouverts de même étoffe.

102 — Deux Chaises bébé.

103 — Trois Chaises en satin rouge avec encadrement doré.

104 — Grande Table dorée à dessus de marbre.

105 — Une Corbeille en bronze et deux Lampes formant garniture.

106 — Une Garniture de Cheminée avec garde-feu en bronze de *Barbedienne*.

107 — Piano droit, système *Steinway*.

AMEUBLEMENT DE SALLE A MANGER

108 — Buffet en bois noir à filets de cuivre.

109 — Deux Servantes assorties.

110 — Table ronde à cinq rallonges.

111 — Douze Chaises en bois noir.

112 — Suspension de *Gagneau*, à seize bougies.

113 — Une Garniture de cheminée.

114 — Un Lambrequin avec galerie en bois noir.

CHAMBRE A COUCHER

115 — Lit et Table de nuit en chêne.

116 — Lavabo en acajou.

117 — Piano *Vygon*.

118 — Bureau et Fauteuil de bureau en chêne.

119 — Un bel Ameublement de bureau en noyer sculpté
comprenant : deux Vitrines formant bibliothèques,
un Bureau, un Fauteuil de bureau, quatre Chaises et
le plafond également en noyer sculpté.

119 *bis* — Trois Vitraux.

120 — Banquette-Coffre d'antichambre à dossier et
acoudoirs en bois sculpté.

121 — Glace style Louis XIII, ornée de cuivre repoussé.

122 — Un Tabouret recouvert de tapisserie.

123 — Lanterne d'antichambre.

TAPISSERIES ANCIENNES & ÉTOFFES

124 — Deux très belles Tapisseries de Bruxelles, représentant des sujets tirés de la Mythologie, entourées de magnifiques bordures à médaillons, de petites figures dans des ornements, groupes de fruits et fleurs. Très belle conservation.

125 — Tapisserie verdure, à petites figures, représentant une Jeune Femme et un Villageois gardant des volatiles. Bordure à fleurs de deux côtés.

126 — Montant de bordure de tapisserie Renaissance, à fleurs et cariatides.

127 — Tapisserie ancienne à sujet de verdure.

128 — Encadrement de tapisserie ancienne.

129 — Deux fragments de Bordure de tapisserie ancienne.

130 — Lambrequins en ancien damas rouge.

131 — Lot d'Étoffes anciennes.

132 — Portière et deux Rideaux en tapisserie ancienne. Sujet de verdure.

133 — Riche Costume de Cour en soie rouge, brodé d'or, avec traîne en soie bleue, ayant appartenu à la reine Marie-Christine.

TABLEAUX

134 — Trois Peintures, par PELISSO : Les Joueurs
d'échecs. — Les Joueurs de dés. — La Déclaration.

135 — Trois Peintures, par PELISSO : La Dispute après
le jeu. — Les Musiciens. — La Lecture dans le
parc.

RED. :

20

graphicom
379 89 70

MIRE ISO N° 1
NF Z 43-007
AFNOR
Cedex 7 - 92080 PARIS-LA-DÉFENSE

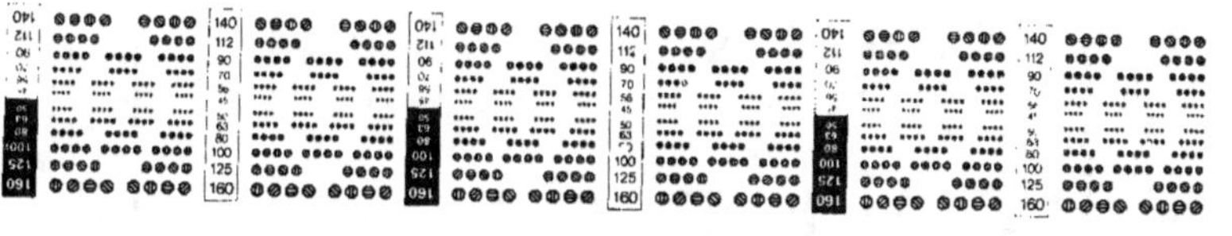

BIBLIOTHEQUE NATIONALE DE FRANCE

****

CHATEAU DE SABLE

1996